KB156969

I'm Hong Bum-do
By Lee Dong Soon

Published by Hangilsa Publishing Co. Ltd., Korea, 2023

내가 홍범도다

이동순 시집

한길사

"나는 홍범도 의병대 소속의
'의병시인'(義兵詩人)이다."

의병장 시절 홍범도 장군의 야성적 풍모.

1922년 모스크바 원동민족혁명단체회의에
참석한 홍범도 장군.

직업은 '의병', 목적과 희망은
'고려독립'이라고 쓴 홍범도 장군의 이력서.

가난과 시련 속에 시달리던
크즐오르다 시절의 홍범도 장군.

차례

I. 내가 홍범도다

고려 독립 · 20

큰 별 떨어지다 · 22

홍범도 부고 · 24

내가 홍범도다 · 26

홍범도 장군의 절규 · 28

비 오는 밤 · 32

피어나는 꽃 · 34

홍범도 평전 · 36

만년의 홍범도 · 38

홍범도 장군의 심정 · 40

역사 테러 · 42

내가 돌아오지 말걸 · 44

홍범도 편지 · 52

2. 홍범도 장군의 탄식

안중근 · 58

배은망덕 · 60

부관참시(剖棺斬屍) · 64

홍범도 장군의 꾸중 · 67

쓰레기 청소 · 70

양반 타령 · 72

홍범도 장군의 탄식 · 75

스보보드니 · 78

후레자식 · 80

홍범도 장군의 발길 · 84

풍찬노숙 · 87

매국노에게 · 90

3. 하늘에서 만난 홍범도 부부

김아파나시 · 94

홍범도 축제 · 96

크즐오르다에서 · 98

연극 「의병들」 · 101

고려극장 · 104

바자르 · 107

하늘에서 만난 홍범도 부부 · 110

아, 홍범도 장군 · 118
-카자흐스탄 크즐오르다 홍범도 장군 영전에서

신 유고문(新 諭告文) · 125
-대한독립군 총대장 홍범도가
팔천만 겨레에게 이 글을 보내노라

홍범도 장군 묘소에서 · 132

홍범도 통첩 · 138

모스크바에서 · 140

4. 날개 달린 장군

백두산의 말씀 · 144

나의 길 · 146

길주 장날 · 148

유랑민 · 151

날개 달린 장군 · 154

홍 대장 타령 · 156

간도 학살 · 158

자유시참변 · 160

항일유격대 · 162

백두산에 오른 홍범도 부자 · 165

밀정 · 168

아들이 의병대로 떠나고 · 170

의병장 홍범도 · 172

의병시인(義兵詩人)이 되어 | 시인의 말 · 174

'의병시인' 이동순과 함께 홍범도 장군의 정신을 읽는다 | 김미옥 · 180

내가 홍범도다

고려 독립

홍범도 장군의
육필로 쓴 글씨를 바라보네
비뚤비뚤 구불구불
정겨운 글씨

학교라곤 다녀본 적 없지만
사람 사는 게 뭔지
옳고 그른 분별이 무엇인지
번개처럼 아셨지

1922년 모스크바 입국서류 작성할 때
직업란에 적은 '의병 28년'
목적과 희망란에 쓰신
'고려 독립'

홍범도 장군 머릿속에는
살아도 '고려 독립' 죽어도 '고려 독립'
평생 소원은 오직 '고려 독립'
아직 한 번도 그걸 이루지 못했으니
장군께 면목 없네

큰 별 떨어지다

1943년 10월 25일
북국의 가을은 깊어 벌써 엄동인데
모래바람 끊임없이 불고
밤이면 이리 떼 울부짖는 소리
저 중앙아시아의 황량한 언덕과 벌판
싸늘한 저녁 여덟 시
찬바람 아우성치는 하늘에
유난히 크고 빛나는 별 하나가
동쪽 지평선 너머로 툭 떨어졌네
조선의 전설적 명장
영원히 살아 있을 민족의 영웅
아무리 세월 흘러도
그 빛나는 업적 사그라지지 않을
우리 역사에 눈부신 홍범도 장군

중앙아시아 카자흐공화국

스체프나야 거리의 춥고 어두운 방에서

굴곡 많은 역사의 생애를 접고

조용히 눈 감으셨네

홍범도 부고

"홍범도 동무가
여러 달 동안 병상에 계시다가
본월 25일 하오 8시에
별세하였기에
그의 친우들에게 부고함
장례식은 1943년 10월 27일
하오 4시에 거행함
부고자: 크즐오르다 정미공장
일꾼 일동"

이 기사를
카자흐스탄 알마티 『고려일보』
옛 이름 『레닌기치』
그 어두컴컴한 자료실에서

우연히 찾아내고
나는 울었다

우리 나이 일흔다섯
대한독립군 총사령 지내신
장군께서는 고려극장 경비로 일하시다
극장에 침입한 도둑과 싸웠는데
그때 몸 다치셨고
그 후유증으로 시름시름 앓다가
다소 몸이 회복되시자
방앗간 일꾼으로 또 일하시다가
돌아가시었다

내가 홍범도다

지금 우리가 살면서
세상 돌아가는 꼴 지켜보노라면
대체 어찌 이런가
이게 내 나라 내 땅이 맞나
날마다 탄식만 쏟아져 나온다네

지금 우리가 사는 곳은
조상님 물려준 거룩한 나라
한때 왜적에게 빼앗긴 들을 되찾은 나라
대대로 갈고 닦고 빛내야 할 나라
당신들 얼과 자취 서린 나라

그걸 잊어선 안 되는데
그걸 망가뜨려선 안 되는데

그걸 외면하고 비난해선 안 되는데
함부로 찢고 허물고 훼손하고 걷어차는
못난 후손들이 부끄럽구나

우리가 어렵게 세운
홍범도 장군 흉상 철거하는 건
우리 독립운동사 부정하려는 불순한 짓
힘들게 되찾아온 나라를
왜적에게 도로 바치자는 음모

그 못된 속셈 알아챘으니
오늘은 우리가 홍범도 되자
내가 홍범도다 우리 모두가 홍범도다
거리로 골목으로 나서서
나라 지키자 우리를 지키자

홍범도 장군의 절규

그토록 오매불망
나 돌아가리라 했건만
막상 와본 한국은
내가 그리던 조국이 아니었네

그래도 마음 붙이고
내 고향 땅이라 여겼건만
날마다 나를 비웃고 욕하는 곳
이곳은 아닐세 전혀 아닐세

왜 나를 친일 매국노 밑에 묻었는가
그놈은 내 무덤 위에서
종일 나를 비웃고 손가락질하네
어찌 국립묘지에 그런 놈들이 있는가

그래도 그냥 마음 붙이고
하루하루 견디며 지내려 했건만
오늘은 뜬금없이 내 동상을
둘러 파서 옮긴다고 저토록 요란일세

야 이놈들아
내가 언제 내 동상 세워 달라 했었나
왜 너희들 마음대로 세워놓고
또 그걸 철거한다고 이 난리인가

내가 오지 말았어야 할 곳을 왔네
나, 지금 당장 보내주게
원래 묻혔던 곳으로 돌려보내 주게
나, 어서 되돌아가고 싶네

그곳도 연해주에 머물다가
무참히 강제이주 되어 끌려와 살던
남의 나라 낯선 땅이지만
나, 거기로 돌아가려네

이런 수모와 멸시당하면서
나, 더 이상 여기 있고 싶지 않네
그토록 그리던 내 조국 강토가
언제부터 이토록 왜놈의 땅이 되었나

해방조국은 허울뿐
어딜 가나 왜놈들로 넘쳐나네
언제나 일본의 비위를 맞추는 나라
나, 더 이상 견딜 수 없네

내 동상을 창고에 가두지 말고
내 뼈를 다시 중앙아시아
카자흐스탄 크즐오르다로 보내주게
나 기다리는 고려인들께 가려네

비 오는 밤

밤 깊은데
빗소리 들리네
빈방에 홀로 사시던
늙은 홍범도 장군 생각나네

아비보다 먼저 간
아내와 두 아들 생각나네
함께 싸웠던 동지들 생각나네
그들에게 나는 무엇이었나

얼마나 힘든 시간이었나
얼마나 외롭고 가슴 아팠던가
그 숨 가쁜 격정의 세월
이젠 혼자 돌아앉은 쓸쓸한 밤

나는 무엇을 위해
이날까지 살아왔던가
내가 쟁취하려던 것은 무엇인가
밤빗소리만 들리네

피어나는 꽃

네놈들이
내 흉상 없애면
나는 수억만 개 꽃으로 피어나
이 땅덩이 덮을 거야

겨울 가고 봄 되어
참았던 꽃눈 저절로 터지듯
나는 그렇게 그렇게 되살아날 거야
보란 듯이 피어날 거야

네놈들 없애려는 건
고작 구리 덩이 한 줌이지만
되살아나는 건 눈부신 나라꽃이야
겨레 가슴에 피어날 거야

피어나는 꽃을

손바닥으로 가리려는

그런 얼빠진 바보는 세상에 없지

어디 한번 막아봐

홍범도 평전

우리가 말이야
오랜 분단 시대 살아오며
까마득히 잃어버린 웅대한 북방정서가
홍범도 장군에겐 있지
그분의 생애에는
발해와 고구려가 넘실대지
함경도 개마고원
만주 시베리아 들판을
바람처럼 말 달리던 질풍노도가 들리지

백두산 천지에서
남으로 삼천 리 북으로 삼천 리
그 광대한 육천 리 우리 옛 강토가
이젠 대추처럼 쪼그라들었지

만주와 연해주는

소멸과 망각 속에 파묻히고

남쪽 삼천 리조차 두 동강 나서

뚝뚝 피 흘리는 처참한 불구되었네

이럴 때 평전 읽으면

우리가 잃어버린 머나먼 북방

그 아련하고 아득한 상고(上古)가 생겨나지

만주벌판 말 달리다

날 저물어 별 보며 잠들던

대조영과 발해장군의 두런거림 들리지

을지문덕 연개소문 함성 들리지

우리가 삶에 지쳤을 때

평전 읽으면 기운이 솟지

만년의 홍범도

일흔 살 넘은
홍범도 장군 얼굴 바라보네
평생 항일투쟁으로
흘러간 세월의 격전지가 보이네
만리타국 타관객지에서
고려극장 경비로
동포 방앗간 허드렛일 도우면서
겨우겨우 부지해가던 쓸쓸한 삶
안면 가득 덮은 주름살
정든 가족 다 떠나보낸 슬픈 눈빛
움푹 꺼진 야윈 두 볼
여러 날 빨지도 못한 허름한 옷
여전히 숱 많은 콧수염
그 퀭한 얼굴 가만히 보노라면

큰물 지나간 논밭

바람에 무너진 흙담

뿌리째 뽑혀 마당에 누운 감나무

깨진 장독대 부러진 대들보

축축이 젖어 비 새는 천장

방바닥에 받친 양동이로 떨어지는 빗물

천장에서 쏘다니는 쥐 떼

곰팡이 낀 벽지

부엌 바닥 가득 채운 물

노란 이끼 돋아난 널판자 담장

거기 종일토록 퍼붓는 빗발

하늘엔 먹구름

홍범도 장군의 심정

동지들
참으로 미안하오
우리 함께 싸운 세월이
저만치 멀리 달아났구려

그토록
왜적들과 싸웠건만
놈들은 여전히 세상 도처에 남아 있소
그 세력 더욱 커지오

나는
죽어서도 눈 못 감소
넋이라도 놈들 흔적 뒤쫓으며
바람결로 애써 지우려 하오

지긋지긋한 그놈들

세상에서 사라질 그날까지

나는 싸울 테요

이런 나를 그대가 도와주시오

역사 테러

사람 죽이거나
항공기 납치만 테러 아닐세
우리가 피 흘려 이룩한 독립투쟁사
그걸 부정하고 파괴하는 게
더욱 무서운 테러

사람 인질로 잡는
총격이나 자폭만 테러 아닐세
제국주의와 싸운 저항의 기록
그걸 모조리 무시 외면하는 게
몇 배나 무서운 테러

이런 테러 꾸미는
몇몇 소수의 앞잡이 놈들

이익 노리고 저지르는 매국노들

천추만대에 그 더러운 이름

기억하게 하리라

내 나라 민족사를

조롱하고 유린하는 것들

이게 자폭테러 아니고 무엇인가

이게 집단학살 아니고 대체 무엇인가

겨레가 용서치 않으리

내가 돌아오지 말걸

내가 돌아오지 말걸
공연히 돌아와서 이 꼴을 보네
내 평생 미워하고 싸웠던
내 아내와 두 아들까지 죽인
저 왜적은 나의 적 우리 겨레의 적
아무리 좋게 보려 해도
그리될 수 없는 악독한 승냥이

마시면 바로 죽음이라는
저 무시무시한 후쿠시마 핵 오염수
그냥 바다에 쏟아 지구 통째 멸망시키려는
강도 일본은 뻔뻔한 무뢰배
반성도 후회도 모르는 도깨비 무리
온 겨레가 걱정하며 반대하는데

그 일본 오히려 감싸고 편드는 놈들은
대체 누구인가

말하라 네 조국은 일본인가
을사오적 정미칠적의 씨앗들인가
대답하라 반역의 무리여
친일파를 애국자로 둔갑시키려
국립묘지 기록조차 서둘러 지우고
지나간 100년 전의 일로
일본이 무릎 꿇어 사죄하는 일
더 이상 그만하자는 놈은 누구인가

가만히 있어도 욕먹을 종자들이
서로 일본 앞잡이 하려고 안달이 났네

어찌 요 모양 요 꼴인가

나라 따위야 기울어지건 말건

국민이야 죽건 말건

나만 잘살면 된다는 악마의 생각이

이 강토를 병들게 하고 있는데

배제와 배척만 즐기는 무리여

농민을 존중할 줄 모르는 족속이여

이 땅을 미일중러

4대 주변국 꼭두각시로 만들고

위안부 지원병 강제징용

그 피해보상조차 한국 기업이 하도록

물길 튼 자는 누구인가

이 무슨 해괴망측한 발상인가

죄는 일본이 지었는데
보상은 어찌 피해자가 떠맡는가

처참한 재앙 불러오는
저 막된 무지와 무능과 굴욕
그간 힘들게 쌓아 올린 민주의 진전
하루아침에 되돌려놓은
후퇴에 후퇴 거듭하게 만든
온 나라 극한 위기로 가득 채우는
그 흉포한 자는 누구인가

노동탄압 길거리 떼죽음
최소한의 반성도 수치도 모르고
국민을 모조리 죄인으로 몰고 가는

저 흉포한 자는 누구인가
한미일 군사동맹으로 위기 불러오고
겨레를 몰역사 반민족 비민주로 몰아넣은
저 패덕한 자는 누구인가

정부 여당 언론은
날마다 어명만 받들게 하고
낡은 왕조 썩은 대한제국이 다시
무덤 속에서 꿈틀꿈틀 부활하는구나
국민에 대한 경멸 위에
악당들의 궁전 세우는구나

점점 야만화되어 가는 한국 사회여
민주주의 감각의 완전한 마비여

처벌만이 능사라 외치는 자여
틈만 나면 수갑 흔들며 겁주는 자여
중하층이 부르짖는 고통의 신음과
겹겹이 쌓인 불안 못 보는가

내가 다시 의병 되어
친일파 부일맹종파 처단할까
산포수 차림으로 구석구석 다니며
삼수갑산 후치령 시절의 용맹한 전투처럼
저 왜적 무리 무찌를까
다시 대한독립군 군복 입고
봉오동 청산리의 쩌렁쩌렁한 함성으로
이 땅의 왜적 잔당 쓸어 없앨까

나는야 펄펄 나는 비(飛)장군

지금도 곧바로 나서려는 준비된 홍 대장

이 땅의 더러운 왜적 찌꺼기들

모조리 찾아 없애리니

나를 따르라 나를 따르라

내가 선두에 나설 테다

저 해충처럼 꿈틀대는 왜적 무리들

남김없이 소탕하자 박멸하자

내가 돌아오지 말걸

공연히 돌아와서 이 꼴을 보네

하지만 이 위기에 나 필요해서 불렀으리니

오늘은 숫돌에 장검을 들게 갈아

망나니처럼 덩실덩실 칼춤이나 출까나

너희 도깨비 무리를 단칼에 썩 베는

신나는 칼춤이나 출까나

홍범도 편지

갈라진 땅에
내 오기 싫었다네
뼈는 남녘에 고향은 북녘에
아무런 연고도 없이
낯선 대전 땅에 홀로 적적히 누웠네
언제는 나라 구한 투사라고
서울에 구리 흉상 요란히 세우더니
오늘은 소련공산당이라며
마구 끌어내려 하네
여러 놈들이 나를 할퀴네

내 어쩐지
오고 싶지 않더라니
갈라진 땅 마음 서로 쪼개진 곳에

한시도 머물고 싶지 않네
내가 멀리서 그토록 바라던
아름다운 고국은
이런 나라 아니었네
왜 이런 곳에 나를 불렀나
분단도 그대로 팽개쳐 둔 채
왜 나를 서둘러 불러왔나

서로 다툼 없이 오손도손
온 겨레 하나로 어울리는 나라
힘든 일 서로 도와 해결하는 나라
이토록 맑고 순결하고
깨끗한 나라 그리 원했건만
막상 와서 본 남녘 땅 고국은

온갖 시샘과 다툼으로 소란한 곳
좌우로 편 갈라 싸우는 나라
대체 언제까지 이럴 텐가
독립국이 어찌 이런 꼴인가

외세의 침략
막으려 흘린 피땀이
아무런 보람 없이 사라졌네
이런 나라 만들려고 살지 않았네
지금이라도 그 잘못
크게 뉘우치고 반성해서
튼튼한 나라 모두가 살고 싶은 나라
그런 나라 만들기를 바라노라

그게 내 마지막 소원일세

이젠 내가 간청하네

2

홍범도 장군의 탄식

안중근

왜적에게 시달리는
조국의 시련 생각하면
새벽까지 잠이 오지 않았네
무언가 세상이 깜짝 놀랄
엄청난 일로 이 슬픈 흐름 바꾸고 싶었네
통감 이등박문 놈 죽여야겠어
큰 목표가 생겼네
마음이 점점 다급해졌네

날마다 깊은 숲속 들어가
표적 걸어놓고 사격연습 했네
두근거리는 거사 앞두고
가슴속 결의 다지며 꼭 만나야 할 분
그 이름 홍범도

변장하고 산길로 숨어 다니며
함경도 갑산 땅 밀림으로 찾아갔네
커다란 얼굴엔 온통 구레나룻

우리는 마주 앉아
서로의 눈과 마음속 바라보았네
홍 대장은 말없이
고개 끄덕이며 격려했네
그러곤 두툼한 손 내밀어 마주 잡았네
작별할 때 그분은 나를 껴안았네
나는 뜨거운 가슴 부여안고
하얼빈역으로 갔네

배은망덕

1868년은 고종 5년
그해에 태어난 홍범도는
아득한 옛날 19세기 중반 사람
조선 봉건왕조 끝물 사람
나라 망하기 전부터
산포수 의병대 조직해
제국주의 침탈에 맞서 싸운 용감한 분
러시아 시월혁명이 1917년인데
그때 홍범도 나이 마흔아홉

함경도 의병장
독립군 총사령도 다 지낸 뒤
러시아 자유시에서 비극적 사연 겪고
모든 것에서 훨훨 놓여나

연해주 콜호스에서 벼농사만 짓던
소박한 농사꾼 아저씨
모스크바 극동피압박 민족대회
초청받아 가셨던 1922년
홍 장군 나이는 쉰넷

그해 레닌이
조선독립운동의 전설
위대한 투사 홍 장군 초청했지
그가 오래전부터 만나고 싶었다던
조선 항일유격대장 홍범도 장군
둘이 만나서 즐겁게 환담했지
폭군 스탈린이 중앙아시아로
고려인 동포 몰아내던 1937년

홍범도 장군은 69세로 이미 백두옹
공산주의가 뭔지 제대로 모르고
구소련 변방으로 쫓겨 간
초라한 늙은이

평생을 독립투쟁에 바치고도
이리저리 쫓기고 휘몰리며
가난 속에 유랑으로 살다 돌아가신
이 가련한 노장군을 어찌
빨갱이 공산주의자로 몰아세우나
그 이유로 흉상 철거하나
고국에 돌아와서 또 강제이주로구나
모처럼 어렵게 모셔 와서
온갖 멸시와 조롱 마구 퍼부어대는

치욕과 분단의 땅 남조선이여

기본적 예의도 분별도 도리도 모르는

배은망덕 한국인이여

막된 한국인이여

부관참시(剖棺斬屍)

세상일이란

알다가도 모를 일

자다가도 까무러칠 일

자랑스런 독립운동사 모독하고

빛나는 투사의 공적조차 지워버리는

이런 해괴한 사변 어찌 일어나는가

신라의 김헌창

고려왕조의 김부식

조선시대의 송흠 정여창

남효온 김종직 김옥균

모두 그들의 관 부수어지고

시신 머리 꺼내어 칼로 베었다지

살았을 때 적이 많았으니

죽은 뒤 당하는 보복

뼈를 절구에 갈아
바람에 날려 없애버리거나
살던 집 부수고 거기 연못 만들었다네
그 모든 게 지난날 앙심과 복수
배신 갈라치기 뒤통수치기
비겁한 패덕자들이 하는 행태

나라 구한 독립투사
홍범도 장군 유골 모셔다놓고
그 공적 뒤집으며 빨갱이라 유린하니
이야말로 전형적 부관참시
그런다고 홍범도가 지워질까

그것은 어림없는 일

여기 가담하는 것이야말로
민족사의 반역자
역사의 근본까지 뒤집어엎는 못된 망국노
앞뒤 분별이라곤 전혀 못 가리고
도리와 양심조차 저버리니
그들의 생애도 머지않아
참담하게 되리라

홍범도 장군의 꾸중

손댈 게 그리 없더냐
내 흉상이 그리도 밉더냐
함께 있던 네 분은 그대로 두고
나만 콕 집어 끌어내느냐
왜 내 고국으로 일부러 불러놓고
철거란 게 웬 말이냐
후손 없는 내가 그리도 만만하더냐
손댈 게 그리 없더냐

잠시 돌아봐도
양극화 경제적 불평등
노동자 인권과 분단모순
환경오염 기후위기 지구온난화
왜적 일본의 핵 오염수 무단 방류

식민지와 친일매국 잔재

혁신과 성장문제

제대로 갖춘 고려 독립

한 번도 못 한 채

주변 강대국 눈치만 보며 사는데

하고 많은 과제가

저리도 산처럼 쌓였는데

그건 모조리 외면하고

뜬금없이 독립투사 흉상 철거가 웬 말이냐

왜적들이 몰래 그리 부탁하더냐

그래 놓고 놈들 즐겁게 해주고 싶더냐

나랑 연해주에서 같이 싸우던

안중근 신채호 최재형 투사들도

러시아 땅에 살았으니
너희 놈들 말꼴로 보자면
모두 뼛속까지 빨갱이였구나

그리도 할 일이 없더냐
말이라고 쏟아내면 다 말인 줄 알았더냐
함부로 내뱉는 말이 입 더럽히는 걸
네놈들은 몰랐더냐
야 이놈들 참으로 못난 놈들
지금 와서 지난 일 생각하니
비루한 것들 발붙여 살라고
내가 제국주의 도적 떼와 싸운 게
가장 후회스럽구나
통탄스럽구나

쓰레기 청소

나라에
치울 쓰레기 많아
난 아직 이대로 잠들 수 없네

지난날
왜적 쓰레기 치우느라
몹시도 바쁘던 시절 있었지

쓸어도 쓸어도
돌계단 바닥에 납작 달라붙어
떨어지지 않던 젖은 낙엽

아직도 그 쓰레기
이 땅에 남아 우리에게

여전히 고통과 시련을 주네

나는야 극장 경비
방앗간 보조까지 두루 다 해봐서
쓰레기 청소는 내 몫일세

양반 타령

내 이제야

말 꺼내지만 말도 마

그들은 나를 상것이라고 무시했어

산중 포수라면서 깔봤어

안동 김씨 김좌진

전주 이씨 이범석

청산리전투 앞둔 시점

일초일각이 무섭도록 긴박할 때

독립군 회의에서도 그들은 양반 타령

내 입 막으려 양반 타령

나는 거기서 말했어

이도 저도 뿌리가 없는

나는 남양 홍가 머슴 출신 산포수 출신

산짐승 잡아 가죽 벗겨 내다 팔던

개마고원 산포계 대장

왜놈들 설설 기던 의병대 홍 대장

언제나 그들에겐 신분이 먼저

내 앞세울 거라곤

머슴 경력과 쇠상놈 출신

독립투쟁 대열에서도 늘 신분이었지

내가 독립운동사에서

이름 뒤늦게 알려진 것도

이범석의 회고록『우둥불』때문

양반 양반 개잘량의 양반

그때 싸움터에서도

늘 백마 타고 금빛 견장 뽐내며

혼자 우쭐거리던 그런 지휘관 있었지
세상이 바뀌어도
여전히 남아 있는 문벌 학벌 족벌
나는야 불변의 상놈

홍범도 장군의 탄식

그래
철거해라
네놈들이 등 떠밀면
밀려나야지
네놈들이 끌어낸다면
끌려가야지
별도리 있겠는가
하지만 내가 왜 폐기물인가

못난 국방부나
육군사관학교 따위는
애초부터 마음에 들지 않았어
그토록 내 머물기 싫던 곳
네놈들이 떠나게 해주니

그건 오히려 속이 시원하구나

오늘 드디어
내 목에 쇠사슬 걸리고
받침대는 쇠망치로 부수어져
내 흉상 기어이
땅바닥으로 쓰러졌네
이 나라 독립운동사 쓰러졌네

소란 중에 생각해보니
내가 왜 여기서 이 꼴 당하고 있나
이곳이 과연 내 고국인가
그토록 그리워하던 내 고국이 맞는가
이런 것들 잘살라고

내가 온 생애 바쳤던가

이놈들아
내가 보기 싫거든
나를 컴컴한 창고에 가두지 말고
아예 땅에 묻어버려라
고국 땅 흙과 하나 되도록 만들어다오
나는 철거되려고 오지 않았다

스보보드니

여기 오던 때부터
공기가 심상치 않았소
치타 홍군부대가
우리에게 무장해제 요구할 때
그때부터 두 패로 갈라졌소

난 그들 요구
우리가 일단 따르고
그다음에 우리가 도움받을까 했는데
기어이 홍군 측은 반대파 공격했소

장갑차까지 동원했고
반대하던 독립군은 무너졌소
길거리엔 여기저기 시신들 나뒹굴고

참혹한 광경에 가슴 찢어졌소
타국 땅에서 어처구니없는 동족상쟁

우리 대원들과
참변 직후 거리를 다니며
일일이 시신 땅에 묻고 장례 치렀소
가여운 동지들
내가 참변 막지 못해 미안하오
참으로 면목이 없소

나는 부근 솔밭에 들어가
참았던 통곡 기어이 터지고 말았소
팔려가는 소처럼 울었소
그로부터 우리의 독립투쟁
막을 내렸소

후레자식

한 집안 망하려면
꼭 이런 부류가 나타나서
온통 가문을 거덜 내고 먹칠하지
아무리 빛나는 집안이라도
그런 망나니 때문에
몰락하는 건 순식간이지

나라가 망하는 것도
집안 기우는 것과 마찬가지
피땀 흘려 지켜온
이 나라 사직과 존엄을
어찌 제 손으로 망가뜨리며
짓밟고 침 뱉고 오물까지 끼얹는가

그분들 돌아가셨지만
겨레 가슴속에 시퍼렇게 살아 있는데
그 어른들 끼친 뜨거운 얼로
우리가 하루하루 버티어가는데
분단과 식민지의 상처가
아직도 채 아물지 못했는데

누가 감히
이 나라 독립운동사를
비웃고 모욕하고 훼손하는가
함경도 봉오동 청산리의 승전을
무시 외면하고 비난하니
그는 필시 왜적의 피를 가졌으리라

바다 건너 일본은
저 대신 옛 원수 갚아주는
후레자식이 너무도 고마우리라
함경도와 만주에서
홍범도 장군에게 당했던
놈들의 치욕을 앞장서 갚아주는 자여

1923년 가을
일본 간토대지진 때
그토록 많은 동포가 학살된 게
수천 명이 자경단 죽창에 찔려 죽은 게
모두 봉오동 청산리에서 당한
왜적들의 분풀이였다지

한 집안 망하는 것도
한 나라 거덜 나는 것도
순식간의 일이라 하는데
우리는 어찌 팔짱만 끼고
저 망나니의 미친 칼춤 보고만 있는가
대체 언제까지 이럴 것인가

홍범도 장군의 발길

평양에서 태어나
황해도와 금강산 거쳐
함경도 북청 개마고원으로
거기서 종횡무진 왜적 떼 무찌르다
두만강 건너 북간도
봉오동과 청산리 일대로
전투에서 전투로 날 저물고

청산리에서
아무르강 건너 러시아 땅
바람 찬 스보보드니로
거기서 참극 겪고
다시 광대한 연해주 여러 곳으로
또 대륙횡단 열차 타고

눈 펄펄 내리는 모스크바로

연해주 돌아와 살다가
이번에는 강제이주 되어 중앙아시아로
거기서 혼자 쓸쓸히 살다가
먼 하늘로 가셨는데
무덤 위 흉상은
늘 한반도 쪽 동녘만 바라보셨는데

어렵고 힘든
유해 봉환 귀국길
아무 연고도 없는 대전으로
그간 단 하루도 마음 편치 않았는데
서울의 두 군데 흉상

이젠 오갈 데 없는 폐기물 되어

철거된다는 소식

풍찬노숙

새나 짐승도
저녁에 찾아드는
제 보금자리 있건만
우리 의병대는 그런 게 없었네
새들은 어디서나 엎드려
날개에 부리만 묻으면 그대로 잠들지만
우린 풍설산중 웅크려 자네

우리 의병대
행군 중에 날 저물어
밤 깊으면 가랑잎 덮고 누워
그대로 별 바라보다 잠들었지
하늘과 땅은 내 이부자리
바람과 이슬 견디기가 힘들었어

고통과 시련은 내 길동무

그 속에서 우리 자랐네

옛 발해 고구려 시절

만주 연해주 벌판에서 별 보던

길거리 조상님들 많았네

홍범도 장군도 그러하셨네

빼앗긴 나라 찾으려

종일 말 달리다

날 저물어 풀숲에 웅크려 주무시던

그 눈물의 밤 잊지 못하지

편한 자리에서

따뜻하게 자는 이 모르리

풍우 속의 식사

새벽 찬 서리 맞으며 자는 잠

누가 시켜서 그런 일 하겠는가

누가 자청해서 하리오

간고했던 풍상 시절 다 지나고

그 덕으로 오늘을 사네

매국노에게

밥 먹었으면
밥값이라도 제대로 해야지
너풀너풀 찢어진 생각 다시 추스르고
입바른 소리라도 해야지

밥 먹었으면
잃어버린 나라 되찾아준
옛 조상님과 농민들 노고에도
감사할 줄 알아야지

어찌 비싼 밥 먹고
그렇게 썩은 소리 내뱉으며
할 말 안 할 말 가릴 줄도 모르고
마구 쏟아내는가

그토록 분별없이

저지른 말은 인간의 말이 아니라

흉한 오물과 쓰레기

사람 죽이는 칼 된다네

3
하늘에서 만난
홍범도 부부

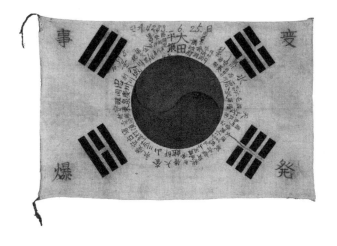

김아파나시

젊어서
권투선수였다는
시합에서 몇 차례나 이겼는지
이긴 횟수조차 모른다는
왼쪽 볼에 그때 흉터도 남아 있는
올해로 여든여섯의
1933년생 고려인 할아버지
김아파나시

앞니도 다 빠진 채
작고 가느다란 몸매로
링 위에서 세월이 얼마나 흘러갔나
이 변방의 크즐오르다에서
열 살 때 그 무섭다는 독립군 호랑이

홍범도 장군을 만났단다

봄날 운동회였다는데
달리기에 우승한 소년에게 다가오시어
장군은 품에 꼭 안아주며
직접 연필 공책을 상으로 주셨단다

바로 그해 가을
홍범도 장군은 세상을 떠나시었다
크즐오르다에서
장군을 직접 본 할아버지
김아파나시

홍범도 축제

중앙아시아
친선회관 대공연장엔
크즐오르다 고려인들 다 모였다
올해가 홍 장군 탄생 150돌

무대 중앙엔
홍 장군의 대형 걸개가 있다
장군은 초상 속에 비스듬히 서서
객석을 바라본다

고려인 배우와 가수들이
민요도 부르고 토막 연기도 한다
연기 속에는 왜적 군대 무찌르는
장군의 용맹한 모습도 있다

북춤 사물놀이에
긴 상모 돌리는 청년도 보인다
출연진 속에는
금발에 눈이 푸른 카자흐족도 보인다

케이팝 흉내 내는
고려인 아이돌도 보인다
옥색 치마저고리 입은 할머니 합창단은
목소리가 어쩌면 저리 고운가

공연이 모두 끝나고
전체 출연진 무대인사 올리는데
장내엔 소낙비 같은 박수 쏟아지는데
현수막 속에 계신 장군께서
흐뭇하게 웃는 게 보였다

크즐오르다에서

해는 지고
첫 만남이지만
왠지 낯설지 않은
늘 지나치는 동네 노인 같은
늙은 고려인들이 하나둘 모여들었네

박넬리 이빅토르
김미하일 최알렉세이
현막심 서가이 오엘레나 허아나톨리
말은 안 통해도
굳게 잡은 두 손으로 전해오는 힘
미소로 주고받는 눈인사

우리는 알지

그 속에 반가움과 동포애와
눅진한 상호존중 짙게 들어 있음을
점차 시간이 흘러
우리는 한민족의 본색이 드러나고 있었네
아리랑 양산도에 도라지타령
어눌한 발음으로 노래 부르는 고려인들
눈 가장자리가 젖고 있었어

기어이 우리는
함께 껴안은 채 그냥 등을 토닥였네
힘들어도 잘 이겨가세요
우리 다시 못 만나도
한국인이라는 이름 속에서
잊지 않을게요

크즐오르다의 밤이 깊네

늙은 홍범도 장군이

새벽잠 깨어 맞으시던 새벽

이 밤에도 기나긴 시르다리야강은

먼 세월로 흐르고 있으리

연극「의병들」

그 옛날
고려인 극작가 태장춘이 썼다는
연극「의병들」막이 올랐다
카자흐스탄 알마티
고려극장 소속 청년 배우들이
무대 위에서 뜨겁게 연기를 펼친다

의병과 홍 대장도 있고
일본군 장교와 헌병 보조원
밀정도 보인다
홍 대장처럼 콧수염 붙인 배우는
키가 크고 체구가 우뚝
보조원에게 맞아서
피투성이 된 홍 대장 아내 이씨

연극인데도 분노가 치밀어

당장 보조원 놈 끌어내어 두들겨 패고 싶다

모든 것이 불편하고 모자란

산중 의병대의 일과가

얼마나 힘들고 어려웠을까

의병대에 숨어든

첩자를 붙잡아 처단하는

그 장면에서 요란한 박수가 터졌다

일본아 일본아

너희가 어떤 악행을 저질렀는지

알마티 고려극장에 와서

똑똑히 지켜보아라

조선이 피눈물 뚝뚝 흘리게 했으니

너희도 곧 우는 날 있으리

고려극장

세월도 가파른 1932년
연해주 블라디보스토크에서
첫 무대의 막을 올린 '고려극장'
그간 얼마나 숱한 곡절과 파란을 겪었던가
한민족의 역사와 전통이
흐려져 가는 걸
두 손으로 붙잡아 일으켜 세우고
지친 고려인들로 하여금
한국인이라는 긍지와 자부심 갖게 하던
'고려극장'의 찬란한 활동이여

우리 민족이 연해주에서
중앙아시아로 강제이주 당할 때
'고려극장'도 극장의 배우들도

이삿짐 꾸려 먼 길 떠나왔나니
카자흐 우즈벡 여러 지역
황량한 벌판에 풀씨처럼 흩어져
살길 막연하던 고려인들
다시 살아보려 이 악물고 일하던
우리 수십만 고려인 마을과 콜호스를
일일이 찾아가서 위로 격려하고
멋진 순회공연 펼쳤으니
장하도다 '고려극장'이여 단원들이여

크즐오르다에서 알마티로
봇짐 싸서 옮긴 터전 그 몇 번인가
태장춘 리함덕 연성용 강태수
그 수많은 배우들 이름은

이제 찬란한 별이 되었네
대한독립군 총대장도
이 '고려극장' 경비 하셨다지
그 늙은 경비는
극장에 숨어든 도적들과
맞서 싸우다 몸도 다치셨다지
이 푸른 전설과 신화 한껏 머금은 채
'고려극장'은 오늘도
개막의 징 소리 우렁차게 울린다

바자르

카자흐스탄
알마티 중앙시장
물건 파는 상인들 중엔
어쩐지 친근감 느껴지는 얼굴 많네

우리 동네 아줌마들
우리 집안의 숙모 형수 같은
낯설지 않은 얼굴들
마을회관이나 시외버스 대합실에서
흔히 대하던 얼굴들

그 표정 너무 푸근하고 좋아서
나는 일부러 말도 붙이고 흥정도 해보네
그때 툭툭 튀어나오는 함경도 말씨

저 뒤에서 웃는 아저씨는
콧수염이 꼭 홍범도 장군 닮았네

한국서 왔음둥
많이 보고 놀다 가오
우리 고려 사람 푸지게 만났소
이것 좀 잡솨 보오

큰 그릇에 수북이 담긴
김치 잡채 김밥 식해 이것저것
자꾸 맛보라며 집어주네

그 말씨 그 정겨움
그 은근함 그 푸근함이 너무 좋아

나는 일부러 바자르에

몇 번이나 갔었네

하늘에서 만난 홍범도 부부

여보 나요
그간 얼마나 힘드셨소
가장 없는 빈집 혼자 지키다
기어이 왜적에게 잡혀
밧줄로 꽁꽁 묶어서 끌려갔었지요
풀잎 같은 여자 몸으로
그 모진 고문까지 받으셨구려

전 괜찮아요
이제 풀려나 하늘에 오니
지난날 고통 눈 녹듯 다 사라졌어요
산천을 바람 따라 떠돌며
당신이야말로 왜적과 싸우시느라
얼마나 고초가 많으셨나요

조석 끼니도 수시로 건너뛰셨겠지요

가만히 뒤돌아보니
금강산 중노릇할 때가 참 좋았네
개울가 버들강아지처럼
우리 사랑 뾰족뾰족 싹틀 때가 행복했어
함경도 북청 골짝에 살림 차리고
나는 개마고원 포수질
두 아이 태어나 죽순처럼 자랐지요

그 말씀이 맞아요
그때부터 당신은 의병대
모든 산포수 끌어안은 홍범도 의병대
당신 이름만 듣고도

왜적들은 겁부터 먹었지요
나는 그 의병장 아내
누가 뭐래도 씩씩한 장군의 아내

산천을 떠도는
우리 의병대는 바람과 구름
밤하늘 밝히는 번개와 세찬 소나기
한 번 성내면 온 산 뒤덮고
엄청난 분노로 왜적들 쓸어버렸지
그때 북관 사람들 나 이르기를
펄펄 나는 홍범도

당신도 안 계시고
아이들 떠나 텅 빈 집에

나 홀로 긴 밤 견디고 참느라
그게 가장 괴롭고 힘들고 두려웠어요
아무리 변성명하고 숨어 지내도
적들은 나를 찾아내었지요
그렇게 끌려가 감옥에 갇혔어요

임자를 지켜내지 못한
내가 죄인이요 무심한 남편이요
얼마나 내가 원망스러웠소
당신도 남들처럼 다복하게 오손도손
아이들 재롱 보며 살고 싶었으리
철 따라 간장 된장 담고
섞박지 깍두기도 담고 싶었으리

그리 말씀해주시어
눈물이 자꾸 나려고 합니다
한 번 아내는 당신의 영원한 아내
왜적은 저를 가두고 몽둥이로 때리고
온갖 공갈 협박으로 고문했지요
여러 번 혼절해 까무러지고
정신 줄 놓았지요

임자가 날 만난 게
잘못이었구려 용서하시오
내가 임자를 죽음으로 몰아넣었소
적들을 제압한 뒤
황급히 임자를 찾았으나
이미 당신은 먼 길 떠나신 뒤였소

나는 황소처럼 울었소

여보 송구해요
저를 용서해주셔요
어떤 고난도 꿋꿋이 버티고 이겨서
거뜬히 당신을 만나야 하는데
이렇게 제가 먼저 떠나 와서 송구해요
놈들은 제 열 손가락에 불붙이고
차마 말 못 할 고문도 했어요

맨 마지막에 그들은
저에게 붓 던져주며 당신께
귀순이나 항복 권유 편지 쓰라고 했지요
그래서 저는 놈들을 노려보며

정색을 하고 말했어요
없던 용기 새로 생겨나 말했지요
네놈들은 정말 홍 대장 모르는구나

계집이나 사나이나
영웅호걸도 실낱같은 한목숨
끊어지면 그대로 그만이다
내가 귀순이나 항복 편지 쓴다고 한들
그 영웅호걸이 과연 들을 것인가
나는 결코 하지 않으리라
이렇게 퍼붓고는 혀 깨물었지요

그 모든 사연 듣고
내가 매국노 두 악당 놈

잡아 와 무릎 꿇리고 문초한 뒤
손발 싹싹 비비며 애걸하는 망국노를
말뚝에 묶어서 각각 세워놓고
온몸에 석유 흠뻑 부어서
불을 붙였다오

우리 이젠 더 이상
갈라져 사는 일 없겠지요
그 시절 처음 만나던 봄날처럼
당신 품에 오래오래 안겨 있고 싶어요
두 아이도 모처럼 불러와서
우리 가족 모꼬지해요
사랑합니다 당신

아, 홍범도 장군

-카자흐스탄 크즐오르다 홍범도 장군 영전에서

아득한

중앙아시아 먼지바람 속

떠밀려 살아온 지 몇 년인가

아무리 지우려 해도 자꾸만 떠오르는

머나먼 동남쪽 내 조국 땅

그곳은 밝은 해

다소곳 떠오르는 곳

새벽닭 소리에 잠이 깨던 곳

어둠 속에서 두런두런

들려오던 정겨운 말소리

마구간 말들이 혼자

콧김 푸르르 푸르르 내던 곳

방문에 싸락싸락

싸락눈이 문 두드려 불러내던 곳

만리타국
고단한 객지 생활
수십 년 지나도 지나도
끝내 누를 수 없는 이 그리움은
대체 무엇인가
세월이 가면 갈수록
왜 이다지 자꾸 사무치기만 하는가
감추려야 감출 길 없는
이 진득한 그리움은 병인가 사랑인가

말해다오
말해다오

대체 무엇인가

왜 이토록 나를 잡고 사정없이 흔드는가

바람아 구름아

내 늙고 병들어 지금은 못 가니

너라도 다녀와서

그곳 소식 전해다오

천릿길도 만릿길도

쉬지 않고 달린다는 대초원 젊은 말들아

너희가 이 늙은 나를 도와서

질풍같이 갈기 나부끼며 달려갔다 돌아오려마

네가 본 내 고향 소식 전해다오

조금이라도 전해다오

젊었던 날

내 한줄기 강풍으로

강과 산 다른 바람 불러 모아

모진 맹수 도깨비 무리 보는 대로 물리쳤나니

무슨 곡절로 내 이 먼 곳까지

휘몰리고 떠밀리며 끌려와 팽개쳐졌나

그 누가 나를

영웅이라 하는가

그 누가 나를 펄펄 나는 호랑이라 하는가

내 이제 그 아무것도 아닐세

다만 자욱한 황사 바람 속

크즐오르다 길거리

모래벌판 한 귀퉁이에 혼자 쪼그려

마침내 외롭고 가련하고
볼품없는 늙은이

내 삶은 처량 만고
집도 절도 없이 평생을 떠돌았고
처자식마저 가뭇없이 나라에 바쳤나니
삭북의 계절
엄동설한에 방바닥조차
냉돌인 채 등에 이불 두르고 쪼그렸나니

이 한 몸
가슴속 미련일랑
모두 버리고 깡그리 씻어내고
마침내 한 덩이 구리 뭉치로 우뚝 서 있나니

그래도 내 눈길은

예나 제나 동남쪽 고향을 바라고 섰네

종일 고향 하늘 바라보는 게

내 지금 유일한 낙일세

여보게들

내 조국 땅에서 오셨다는 귀한 분들

얼른 이리 오게

와서 손이라도 한번 잡아보세

그리운 고향 소식 들려주게

* 2018년 10월 24일, 민족 영웅 홍범도 장군의
순국 75주기를 맞이하여 낭송한 추모 시다. 카자흐스탄
크즐오르다의 홍범도 장군 묘소를 참배하고,
그날 저녁 다시 알마티로 돌아와 국립아카데미
고려극장에서 거행된 순국 75주기 추모식에 참석했다.
그 추모식장에서 나는 이 시를 낭송했다.
러시아어 번역 시는 고려극장 가수 겸 배우로 활동하는
김조야 빅트로브나의 감동적 낭송으로
참석자들의 뜨거운 박수를 받았다.

신 유고문(新 諭告文)

-대한독립군 총대장 홍범도가
  팔천만 겨레에게 이 글을 보내노라

내 이르노라

조상 대대로 살아온

이 나라 삼천리금수강산

날이 가고 해가 가면

더욱 빛나는 나라 만들어야 하거늘

너희는 어인 일로

이토록 피폐한 땅덩이 만들었느냐

이후 모든 인민이

하나로 뭉쳐서 이 땅을 빛내거라

가장 아름답고 살기 좋은

낙토로 바꾸어라

내 이르노라

백두산 상봉에 우뚝 서서

남으로 삼천 리 북으로 삼천 리

육천 리 강토에서 기운차게 말달리던

그 씩씩하고 우렁찬

기백과 담력은 다 어디 갔느냐

그 광대한 겨레의 고토는

지금 어찌 되었나

크고 웅대한 포부를 키우고 닦아서

또다시 동북아 벌판을

말달리자

내 이르노라

가장 급하고 급한 것이

갈라진 땅덩이 하나로 되돌리는 일

원래 하나인 몸뚱이

둘로 갈라 얼마나 불구의 시간 살아왔나

잃어버린 그 세월이

얼마나 억울하고 통탄스러운가

그걸 모르고 사는 삶은 삶이 아니라네

내 비록 늙었으나

마음 아직 청춘이니

두 팔 걷어붙여 앞장서리

내 이르노라

겨레 갈라놓은 세력

그들에게 도움 준 무리들은

이 땅을 떠나거라

동포끼리 뭉치지 못하고

서로 대립 반목 시기로만 골몰하며
갈등과 분열만 뿜어대던
너희 지네 전갈
독사 승냥이 무리들은
즉시 이 땅에서 멀리 떠나거라
가서는 영영 오지 말거라

내 이르노라
조상 대대로 살아온
우리 국토 우리가 정하게 쓰고
후손에게 그대로 온전하게
물려줘야 하는 법
마구 쓰고 함부로 난도질 말아야 하네
고운 강산 맑은 물

그 무엇보다도 자랑찬 민족사
이것을 물려줘야 하네
결코 우리가 후손들에게 못난 조상
되지 말아야 한다네

내 이르노라
세월은 늘 고달팠으나
악전고투 속에서
이리저리 시달리면서도 이 악물고
그 어려움 잘 이겨왔지
절굿공이 갈아 바늘 만드는 심정으로
지게로 흙을 날라
바다 메운다는 심정으로
묵묵히 터벅터벅 우직한 자세로

우리 앞길 걸어가야 해
지난날 풍찬노숙에서 나는 깨달았지

내 이르노라
자꾸만 풍파로 밀려드는
온갖 고난 온갖 시련
그 앞에서 결코 지치거나
의기 꺾는 모습 보여선 안 된다네
쓰러지면 그대로 잠시 쉬었다가
다시 힘 모아 일어나게
가장 두려운 적은 자기 속에 있으니
늘 마음 다스리고 단련해서
부디 빛나는 겨레의 땅 만들어가야 하네
이게 내 간절한 염원일세

* 1919년 11월 홍범도 장군은 대한독립군을 창건하면서

그 결성의 정당성을 세계만방에 알리는 내용을

유고문(諭告文) 형식의 글로 써서 발표했다. 유고문에는 대한독립군

결성이 하늘의 뜻임을 밝히는 절절한 충심이 담겨 있다.

이 시작품은 오늘의 한반도 위기현실에 대하여

홍 장군이 보내오는 유고문 형식으로 내가 재구성한 것이다.

2018년 10월 12일 서울 여의도 국회의원회관 대회의실에서

열린 '홍범도 장군 탄생 150주년 기념식' 단상에 올라 낭송했다.

홍범도 장군 묘소에서

어딜 갔다가
이제야 오셨습니까
어찌 이리도 늦게 오셨습니까
낯선 땅 찬 자리에
그간 얼마나 힘드셨습니까
그 뼈저린 외로움에 얼마나 아프셨습니까

그토록 그리워하던
고국 땅 정든 언덕 사랑스런 바람결
이제는 돌아와 말없이
고향 흙을 껴안고 누워 계신 장군님
오늘 당신 앞에서
당신의 숨 가빴던 발자취를
하나하나 돌이키며 되새겨 봅니다

함경도 개마고원 구석구석

후치령 골짜기 후미진 등성이마다

아직도 찍혀 있을 당신의 커다란 발자국

그 발자국 한 걸음 한 걸음마다

희고 눈부신 꽃송이가 피어납니다

그 꽃송이에서 그날의 함성이 들립니다

기어이 고국 땅 작별하고

눈물로 흐느끼며 건너가던 두만강

그 강물 위로 휘영청 달빛이 비칩니다

내 꼭 다시 돌아와 너를 기어이 되찾으리라

아무리 힘들고 고통스럽더라도

네 속의 아픈 시간 묵묵히 잘 이겨가거라

당신께서 숨 가쁘게 달리며
섬나라 도적들과 피땀 흘려 싸우시던
봉오동 청산리 남북 만주
당신께선 지금도
젖은 눈으로 그날을 생각하십니다
그날의 땀과 질주의 뜻을 생각하십니다

섬나라 강도가
우리 땅의 주인행세 하는 꼴을
분통해하며 총을 들고 싸우셨습니다
왜적과 교전하던 전쟁터에서
아내와 두 아들까지 나라에 바치고
당신은 홀로 바람찬 벌판을 걸어가셨습니다

겉으론 꿋꿋하고 당당하셨지만
속으로는 피 울음 울었던 것을 우리는 압니다
얼마나 가족들이 그리웠겠습니까
마침내 혼돈은 유랑으로 바뀌고
세찬 바람과 눈보라에 떠밀려
당신은 중앙아시아 사막으로 쫓겨가셨습니다

한날한시도 고국을 잊은 적이 없습니다
나 언젠가는 반드시 돌아가리라
그렇게 당신은 머나먼
동남쪽 하늘만 바라보셨습니다
가파른 세월은 흐르고 흘러
이제 당신은 고향 언덕에 오셨습니다
잠자리는 편하신지요 불편은 없으신지요

돌아오신 뒤로도

갈라진 조국 땅은 여전히 갈라져 있고

온갖 소란과 분란으로

당신 마음이 편치 않으신 걸 우리는 압니다

바라옵건대 부디

봉오동 청산리에서 승승장구하시던

그 뜨거운 권능과 원력으로

지금 우리의 고통을 다스려 주시옵소서

땅속에 누워서도 쉬지 않고

조국과 겨레의 앞날을 밤새 걱정하시는

당신 모습을 생각합니다

홍범도 장군님, 오늘은 잠시 나오셔서

당신 생애를 정성껏 정리해 펴낸

평전 『민족의 장군 홍범도』
이 고운 선물 받으소서

홍범도 통첩

함경도 일진회
회원 놈들은 들으라
너희가 그토록 보국안민 떠들더니
러시아 군대 들어올 때
앞장서서 길라잡이 하더니
오늘은 일본 군대 따라다니며
자칭 진보원이라 일컫는구나

단발령 이후로는 아예 일진회라 자칭하며
얼마나 많은 악행 저질렀나
남의 집 혼인 잔치에서 몇백 냥
농가 소 사고팔 때 몇십 냥
아픈 환자 굿하는 집에 가서 또 몇십 냥
정절 과부 강제로 욕보이고

이 집 저 집 닥치는 대로 재물 약탈

우리 홍범도 의병대는
오늘부터 이런 일진회 악당 놈들
모조리 처단하려 하니
그리 알거라
1907년 10월
의병대장 홍범도

모스크바에서

1922년 1월
홍범도 장군은 초청받고
열차 편으로 모스크바에 갔네
바이칼 호수는 꽁꽁 얼어서 눈벌판이었네
쌓인 눈 위에 백설 펄펄 내렸네
홍 장군은 극동피압박민족대회에 참석하는
여러 한인 대표의 한 분
고려혁명군 수장 직함도 있었네

홍 장군이 묵은 호텔은
창문도 하나 없는 초라한 여관
잠은 천리만리 달아나고
장군은 지난 세월 더듬어 보았네
모스크바 하늘에 눈 펄펄 나리는데

새 한 마리 날아가고 있었네
얼마나 숨 가쁜 격정의 나날이었던가
얼마나 매운 세월의 파도였던가

그토록 피땀 흘리며 싸웠건만
조국은 아직도 도적의 발굽에 신음하네
바닷속처럼 무겁고 깊은 밤
누웠다가 일어나 의자에 꼿꼿이 앉아
장군은 혼잣말로 중얼거렸네
구름산이 제아무리 가로막는다 해도
새는 뚫고 날아가지
새는 구름산을 뚫고 날아가지

4

날개 달린 장군

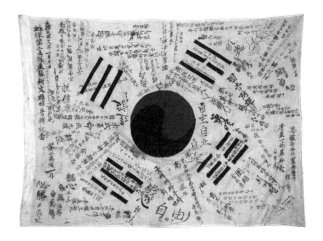

백두산의 말씀

너희는
한겨레로 하나 되어
의좋고 정답게 서로 손잡고
늘 같이 살아야 하느니라

너희는
조심하라 조심하라
내 땀방울로 적셔지고
내 피가 물들여진 이 강토에
혹시라도 더러운 때 묻혀선 안 되느니라

이 나라
산과 바다
응달진 구석까지

하늘 은혜와 땅의 이익
햇살처럼 두루 빠짐없이 비치었음을 알라

아무쪼록 이 은혜와 이익
제대로 써서
너희의 몸과 마음
넉넉해지거라
넉넉해지거라

나의 길

백두산 흥안령 높은 고개는
사나이 한뜻을 드높이고
요하 흑룡강 거친 물살은
나약한 마음 다부지게 이끄네

호륜호 흥개호 깊고 큰 못은
장부의 헤아림을 더 깊고 크게
하얼빈 요동 땅 넓은 들판은
의젓한 너그러움 가르쳐주네

아득하여라 옛 발해 땅 슬픈 역사는
지금의 치욕을 되씹게 하고
몰아치는 시베리아 모진 칼바람은
어떤 괴로움도 꿋꿋이 이기게 하네

저 숲과 맹수들 내 비겁과 주저 쫓아내네

고주몽 대조영 아골타 애친각라

그분들 딛고 가신 옛 발자국 따라

오늘도 성큼성큼 헤쳐 가는 나의 길

길주 장날

삭풍 휘몰아치는 길주 장날
오일장 아침 개시
장꾼 구경꾼 모여든다
금송 온수평 내포 명천 쪽
봉암 남석 남계 북계수 쪽
노동 원평 업억 성진 쪽
판령 사초 창천 동해 쪽
모여든다 모여든다 사방에서 모여든다

이고 들고 끼고 업고
우르릉 우르릉 몰려든다
논코의 올챙이처럼 바글바글 모여든다
청어 명태 가자미 임연수
굴젓 창난젓 꼴뚜기젓 아개미젓

기다란 나무 함지에
물 좋은 생선 담아들고
콩 좁쌀 좀복숭아 돌배

날개와 발목을 묶은 암탉 수탉
계란 꾸러미는 떡동구미째 들고 오고
어린애 업고 함지박 이고
맨발에 미투리 벗어 들고
한 발이 넘는 자주 옷고름 분홍 옷고름
풀풀 연 꼬리 날리듯
어깨 너머로 겨드랑 너머로 너풀너풀

발은 멍석 발
손은 북두갈고리 손

비녀에 쪽 찐 머리 틀어 얹은머리

만포장에 별별 장사

외치는 소리

유랑민

고향 떠나와서도
여전히 하얀 옷 입고
길한 날 받아서 혼인하고
마당에는 반짝이는 햇살에
가지런한 장독 물 뿌려 닦으며
장독대엔 봉선화 심고 살아가는
우리 동포들

날 저무는 골목에서
아이들 숨바꼭질하고
작은 봉놋방에는 사람들 모여
옛 당골의 이야기와
곰이 사람 되던 이야기하며
물부리에 잎담배 담아 피우는

그 정 많은 사람들을 보았다

지신허에서도 보았고
추풍에서도 보았다
소왕령 사만리에서도 보았고
녹둔 흑정자에서도 보았다
도비허에서도 보았고
남석동 수청까지 가서도 보았다

오, 그들은 누구인가
눈보라 속으로 더딘 소달구지 끌며
시름없이 시름없이
두만강 넘어온 사람들
나루터에서 왜놈 순사에게 뺨 맞고

손등으로 눈물 씻고 간 사람들

바로 그들이 아닌가

날개 달린 장군

홍범도 의병대는
북청 갑산 혜산 단천 지방의
기고만장하던 일군 수비대의 콧대
여지없이 꺾어버렸네
갑자기 나타나서 일본군 수비대 기습했고
포위망 좁혀서 들어가면
순식간에 온데간데 없어졌네
참으로 귀신이 곡할 노릇
전투경력 많은 일본군 장교들도
허실과 진퇴병법 재빨리 운용하는
홍범도의 신출귀몰 산지 유격전술에
늘 골탕 먹고 있었다지

이때부터

함경도 일대의 주민들

홍범도는 과연 비(飛)장군이라고

신이 나서 말했네

홍 대장은 축지법 마음대로 한대요

의병대 거느리고 동에 번쩍 서에 번쩍

어제 삼수갑산에서 보았는데 오늘은 북청

일본 헌병대 마구 쳐부수었대요

내일은 또 어디서 적들에게

통쾌한 무리죽음 안기실까

날개 달린 홍 장군

하늘 훨훨 날아다닌다는 소문

삼천 리에 퍼져나갔네

홍 대장 타령

그해 여름
왜적들은 홍범도 의병대
대토벌 기간이라 발표했었네
이런 삼엄한 분위기 속에서도
함경도 일대에는 홍 대장 노래
몰래몰래 퍼져갔다네
초동들은 깊은 산에 들어가 나무 하다가
지게 작대기로 목발 두드리며 이 노래 불렀지

홍 대장 가는 길에는 일월이 명랑한데
왜적 군대 가는 길에는 눈비가 쏟아진다
에헹야 에헹야 에헹야 에헹야
왜적 군대가 막 쓰러진다
왜적 놈이 게다짝을 물에 던지고

동래 부산 넘어가는 날은 언제나 될까
에헹야 에헹야 에헹야 에헹야
왜적 군대가 막 쓰러진다

모든 동포들
홍 대장 이야기에 신바람 났네
그분은 사람 아니고 신이라지
바람 부르고 비도 내리게 한다네
홍범도 호령 한마디에
벼락바위 와르르 부서져 내리고
산에서 달릴 때는 이 봉 저 봉 날아다니셔
한 번 구령 부르면
삼십 리 안팎이 쩌릉쩌릉 한다네

간도 학살

일제는 청산리에서 당한
치욕의 참패를 조선 이주민에게 보복하고
만주 일대 항일 무장단체 활동기지
모조리 박살내려는 흉계 꾸몄네
훈춘의 이소바야시 왕청의 기무라 지대
이 두 부대의 왜적 놈들
독립군 토벌 명분 앞세우고
군화 소리 저벅거리며 행군해왔네
그것은 악마의 도래

마을 입구 쪽에서 희뿌연 먼지
누런 군복의 일본군 토벌대
놈들은 오자마자 피에 주린 승냥이였네
미친개처럼 날뛰며 부수고 발로 차고

닥치는 대로 주민 붙잡았네
잡아서는 긴 가죽 채찍으로 후려쳤지
남녀노소 가리지 않고
눈에 뜨이는 대로 죽였어
집과 마을 온통 불바다 되었네

온 마을은 울부짖는 소리
놈들 꽥꽥거리는 소리
아이들의 애처로운 울음소리
비명과 아우성 속에서 빠져나오는
우리 동포들 눈에 뜨이는 족족
이 잡듯이 찾아서 죽였어
오직 약탈 간음 살인이 놈들의 일과
말 그대로 피에 주린 승냥이
피바다 속에서 해 저물었네

자유시참변

홍범도 장군은

동포끼리 싸우는 갈등과 대립

막아보려고 애쓰셨네

노선 못 정하고 선택의 기로에서

마음 헤매며 괴로워하는

여러 독립군 동지들 일일이 찾아다니며

당분간 러시아의 지원 속에서

힘 키우자고 설득했네

연해주 황야에 와서

생사고락 함께해온 동지들이

마침내 서로 싸워서 죽이게 된다면

그대들은 천추만대로

후손들의 저주 받게 될 것이오

동지들이여 제발 청하노니
싸우지 마시오 싸우지 마시오
이것만은 안 되오 결코 아니 되오
장군의 목에서는 피가 끓었네

항일유격대

그때 의병대는
여러 부대로 나누어
산악유격전으로 들어갔지
집중과 분산과 이동
이 세 가지의 신묘한 전법이었어
이는 홍 대장만의 전술
아무도 흉내 낼 수 없는 번개 전술
적들이 밀림으로 따라오면
의병대는 순식간에 야산으로 내려서고
그쪽으로 적들이 추격하면
또 다른 의병대 숲에서 나타나 기습했네

눈 오는 날이면
행군 중에 대원들 신발 거꾸로 신게 하고

삭정이 꺾어서 발자국 지운 다음

진행 방향 교란한 다음

옆으로 슬쩍 빠지면 뒤따르던 적들

우왕좌왕 허둥대는데

이때 갑자기 달려와 적의 뒤통수 후려쳤네

적들이 진 치고 숙영할 때면

잠입대 보내 사방에서 총소리 나게 했어

대관절 홍범도는

눈앞에 있다가도 없어지고

사라졌다가도 돌연히 나타나며

제 몸 언제든지 마음대로 쪼개고 나누니

그는 틀림없이 귀신일 게야

일본군은 산에 들어가는 놈 많았어도

살아 나오는 놈 드물었네
이 산에 가서 부러진 다리 끌고 와
저 산에 가서 귀신 되어 묻혔네

왜적들은 '홍범도' 이름만 듣고도
두려움에 덜덜 어금니 떨었지
그야말로 신출귀몰 유격전의 명수

백두산에 오른 홍범도 부자

홀연 하늘늪 술렁이고

구름 뭉텅이 두둥실 떠올라

천상수 물 위를 달리는데

백적청황 각색 용이

서로 감고 몸 뒤트는 듯

금세 높이 솟구쳐 아래를 굽어보며

너희 속세 미물들 여기 웬일이냐며 번갯불 번쩍

돌개 회오리 씨잉씽

발밑엔 부글 파도가 출렁

주먹 비 화드득화드득 등줄기 치는데

옛 발해 고구려 장군들

백두산 너럭바위에 장검을 쓱쓱 갈고

우르르 함성 울리며 달려오는 듯

범도 부자 두 눈 감은 채

다소곳이 구부려 온몸 엎드리고
하늘늪 큰 밝음 마디마디 받았더라

얼마나 지났을까
어둡던 눈앞 문득 트여오고
한울님 파랗게 내려와 앉으신
천상수 위에는 곱디고운 쌍무지개
양지바른 좌우 기슭으로는
감격에 겨운 노랑만병초 눈물 그렁그렁
은양지꽃 눈산버들 장백제비
두메양귀비 저희끼리 살뜰하고
무엇이 안타까운지 장구채 화살문취
바위구절초 흰범꼬리꽃
여기저기서 골똘한 얼굴로 갸우뚱

보아라 천지꽃 만지꽃

열 산에 열 꽃 보아라

햇볕 산에 햇볕 꽃 보아라

달빛 산에 달빛 꽃 보아라

구름 밝은 천지에 저 구름 꽃 보아라

밀정

이웃 마을
최석언의 계집이
무슨 낌새 느꼈는지
일도 없이 날마다 찾아오네
틀림없이 그녀는 왜적의 밀때꾼
날이면 날마다 방물 봇짐 옆에 끼고
이 집 저 집 들어가서 기웃거리며
쥔 양반 어데 갔소
무슨 사업 하십니까요
북간도 간 아들은 언제 온답니까
이 댁에는 누가 자주 옵니까
저 건넛집에는 대체 무슨 일이 있던가요
누가 거기를 주로 드나든답니까
이렇게 다니다가 마지막엔 어김없이

꼭 들러서 가는 홍범도네 집

요런조런 염탐 끝에

저녁이면 일본 헌병대로 달려가서

미주알고주알 크게 부풀려 일러바치곤

그렇게 받은 더러운 푼돈으로

쌀도 사고 장작도 사고

고깃근도 받고

아들이 의병대로 떠나고

집 앞
고목나무 우듬지 끝에서
방울새가 울었네
혼자 남은 용환이가
제 형이 보고 싶다며
어미의 어깨 끌어안고
또 훌쩍거리기 시작했네
양순이가 아버지 의병대로 떠나고 나니
오직 달랑 남은 두 식구
집은 텅 빈 듯이 쓸쓸하였네
식구 하나 있던 자리가 비어 있는 게
이다지도 그 구멍이 크구나
이젠 양순이 퉁소 소리도 들리지 않고
툇마루 밑에서 종일 우는

귀뚜라미 소리만
더욱 크고 처량하게 들리네

의병장 홍범도

밭 한가운데서
홍범도는 갑자기 걸음 멈추었다
그러고는 악당 놈에게 물었다

네 아비는 어느 나라 인간이냐
너는 틀림없이 왜놈의 자식이로구나
뒤뜰에서 홍범도 목소리 들린다

악질 아무개의 죄명이
낱낱이 밝혀지고 열거되었다
포수의 총기 부당하게 몰수한 죄
단발령 가혹하게 강요한 죄
왜놈 앞잡이로 백성 재산 약탈하고
그들 터무니없이 억압한 죄

이런 악행 저지른
매국노에게 사형을 선고하노라
홍 대장 굵은 눈에서
불덩이 펄펄 떨어졌다
잠시 후 한 발의 총성 울렸다

낮이면 골목길에서
아이들 부르는 노래 들렸다
성난 갈치장수 긴 칼 번쩍번쩍
죄 없는 백성 사정없이 족치더니
하룻밤 사이에 모가지가 뎅겅
백두산 호랑이가 물어갔구나

의병시인(義兵詩人)이 되어

• 시인의 말

나를 홍범도(洪範圖, 1868~1943) 장군께 인도해주신 분은 내 조부이신 독립투사 이명균(李明均, 1863~1923) 의사다. 당신께서는 비밀결사 '의용단'(義勇團) 사건으로 일본 경찰에 체포되어 대구형무소에서 모진 고문을 받다가 기어이 순국하셨다. 의용단이란 대한독립 후원을 위해 영남 일대에서 결성된 비밀결사 조직이다. 신태식(申泰植, 1864~1932), 김찬규(金燦奎, 1864~1931) 등이 그 맹원들이다. 조부께서는 이 조직의 재무총장을 맡아 군자금 모연(募捐)에 온 힘을 다하셨다.

나의 성장기 때 고향 김천 상좌원 마을에 가보면 그때까지도 조부님 자취가 흥건히 남아 있었다. 1923년에 순국하셨으니 1950년에 태어난 손자와는 무려 27년의 시간적 거리가 있다. 그럼에도 불구하고 조부께서는 시를 쓰고 국문학을 공부하는 손자에게 자주 나타나서서 정신적 일깨움을 주셨다. 나는 조부께서 보내주시는 유촉(遺囑)을 바람결에 들었고 흘러가는 구름장에서 전달받았다. 때로는 깊은 산 새소리로 들려주시거나 꿈에 직접 나타나시기도 했다. 이런 조부님 일대기를 한 권의 조촐한 약전(略傳)으로 엮어 발간했었는데 그 흐뭇함이란 형언할 길이 없었다.

조부께서는 손자의 삶에 큰 과제를 남기셨다. 그것은 삶과 문학의 방향 및 가치관을 올바르게 설정하고 정립하는 일이다. 그때부터 새로운 탐색을 시작했으니 그것은 우리 민족 독립운동사 깊이 읽기다. 상당 기간 몰입한 끝에 보석 같은 화두를 얻었는데 그것이 바로 홍범도 장군이다. 백두산 포수 경력의 완전하고도 완벽한 서민 출신 독립투사. 이 값진 발견에 탄성을 지른 뒤 곧바로 자료조사에 달려들었다. 홍범도 장군의 생애를 총체적으로 정리해서 방대한 민족서사시를 완성하고 싶은 나만의 꿈을 갖게 되었다.

1982년에 시작해서 2003년에 5부작 전 10권 분량으로 출간했다. 그 소요 기간은 20여 년이다. 그로부터 다시 20년 세월이 흘러 2023년에는 평전 형식으로 홍범도 장군 일대기를 출간하게 되었다. 이 모든 활동의 발단이 내 조부님께서 내려주신 일깨움 덕분임은 물론이다.

2003년에 발간한 민족서사시 『홍범도』는 카자흐스탄 크즐오르다의 홍범도 장군 묘소에 직접 헌정했다. 유해 봉환 이후 2023년 삼일절에 발간된 평전 『민족의 장군 홍범도』는 국립대전현충원을 찾아뵙고 직접 헌정했다. 광복절을 하루 앞둔 날, 나는 평전 출간을 기념하는 북토크를 서울 순화동천에서 열게 되었다. 그 행사 직전 도서출판 한길사의 김언호 대표와 함께 국립서울현충원에 묻혀 계시는 조부님을 뵈러 갔다. 그날의 뜨거운 감동은 형언할 길이 없다. 그날의 가슴 뭉클하던 감회가 새삼스럽다.

하지만 그 얼마 뒤부터 홍범도 장군을 겨냥한 무뢰배들의 공격과 모욕으로 말미암아 장군께 차마 고개를 들 수 없는 시간이 되고 말았다. 이 엄청난 세월의 둔주(遁走)를 과연 어떻게 풀어가야 하는가. 홍범도 장군의 생애를 빛내는 일로 지난 세월을 보내온 나에게 최근

발생한 일련의 일들은 너무나 참담하고 참혹하다. 홍범도 장군께 면목을 잃어버렸다. 이번에 펴내는 시집 『내가 홍범도다』는 홍범도 장군에 대한 하나의 속죄이기도 하다.

우리의 독립운동사는 오늘에 이르기까지 다수의 학자, 연구가들이 국내외 현장을 직접 답사하고 땀 흘리는 노고 끝에 그 뼈대를 엮어낼 수 있었다. 홍범도 장군의 경우는 국권 패망 전부터 위기를 감지하고 함경도에서 의병활동을 시작했다. 이후 만주를 거쳐 연해주로, 또 거기서 중앙아시아 크즐오르다로 강제이주되어 유랑해 다니셨다. 애달픈 디아스포라의 전형적 표본인 장군의 삶은 오로지 구국 일념뿐이었다.

홍범도 장군은 중앙아시아 전체 고려인들의 정신적 중추다. 오죽하면 갓 결혼식을 올린 신혼부부가 홍범도 장군의 묘소를 찾아와 사랑의 맹세를 할 정도였을까. 일생토록 제국주의와의 투쟁 속에서 고초를 겪으며 살아가신 홍범도 장군을 국내로 어렵게 모셔온 지가 불과 2년 전이다. 그런데 어찌 된 일인지 차마 입에 담을 수 없는 모멸적 이유를 내세우며 장군의 흉상을 철거하겠다고 요란을 떤다. 그 꼴이 그야말로 두 눈 뜨고 볼 수 없는 지경에 이르렀다. 만약 그리된다면 홍범도 장군은 두 번째 강제이주를 당하는 셈이다. 심지어 묘소까지도 둘러 파서 북으로 보내자는 흉포한 언사를 내뱉는 무뢰배까지 보인다.

왜 우리는 존엄한 민족독립운동사를 이처럼 마구 허물고 훼손하는가. 이게 대체 누구의 못난 발상인가. 나는 홍범도 의병대 소속의 '의병시인'(義兵詩人)이다. 붓 한 자루가 나의 무기다. 그 모든 불의와 기꺼이 싸우리라.

이 슬픈 사태도 분단이 빚어낸 아픔과 상처다. 독립운동사도 잘못이 있다면 수정되는 것이 마땅하다. 하지만 홍범도 장군의 경우는 이미 그 가치와 평가가 너무나 뚜렷하고 명확하게 정리되어 있다. 이미 우리 민족의 부동의 교양이자 상식이다. 누가 이 교양과 상식을 감히 전복하려 하는가. 그 무도한 자들에게는 반드시 호된 질책과 책임을 물어야 한다. 왜 이런 평지풍파를 불러일으키는가. 말 그대로 '역사 쿠데타'란 말이 실감으로 다가온다.

겨레의 이름으로 명령하노니 홍범도 장군을 현재 그 자리에 그대로 두라.

2023년 10월 25일
홍범도 장군 돌아가신 날에
이동순

'의병시인' 이동순과 함께
홍범도 장군의 정신을 읽는다

김미옥 문예평론가

　시인은 우리 시대의 샤먼이다. 엄혹한 독재 시절에도 시인은 인간의 마지막 희망이었다. 이동순 시인은 40여 년간 홍범도 장군의 행적을 더듬으며 그와 함께 살았다. 카자흐스탄 그의 묘소에 작품을 바쳤고 돌아온 유해 앞에서 추모 시를 낭송했다. 눈 오는 밤, 말을 탄 홍범도 장군이 그에게 나타났다는 말을 들은 적이 있다. 이를 '성현 현상'이라고 하는데 기독교에서 에피파니, 샤머니즘에서 히에로파니라고 부른다. 시인은 조심스레 환시(環視)라고 했다.

　독립투사 홍범도는 '고려 독립'이 생의 희망과 목적이었다. 그가 일본군에게 마지막으로 쫓겨 간 곳은 구소련 땅이었고 스탈린은 그를 강제이주 열차에 태워 중앙아시아 카자흐스탄으로 소개(疏開)했다. 그의 마지막은 고려극장 경비였고 방앗간 일꾼으로 일하다가 생을 마감했다.

2021년 그의 유해는 국민의 환호 속에, 타국에 묻힌 지 78년 만에 고국으로 돌아왔다. 그러나 2년도 되지 않아 그는 내쳐지기 시작했다. 지금 권력은 녹슨 매카시즘을 동원하여 홍범도를 역사에서 지우고 있다.

살아서 모든 것을 잃은 홍범도의 영혼이 무덤에서 일어났다. 시집 『내가 홍범도다』는 육탈(肉脫)을 알리며 시인의 입을 통해 공수(貢壽)하는 영혼의 언어다. 독특한 시의 형식은 샤먼으로서의 시인과 영혼의 대사가 오가며 해원(解冤)은 청중의 몫이 된다. 이 방식은 한 사람이 창을 하면 군중이 받아내는 '민주주의의 기원'인 아득한 그리스 원형극장을 연상하게 한다. 그런데 그 많은 독립운동가 중 왜 홍범도인가?

하고 많은 과제가

저리도 산처럼 쌓였는데

그건 모조리 외면하고

뜬금없이 독립투사 흉상 철거가 웬 말이냐

왜적들이 몰래 그리 부탁하더냐

그래 놓고 놈들 즐겁게 해주고 싶더냐

나랑 연해주에서 같이 싸우던

안중근 신채호 최재형 투사들도

러시아 땅에 살았으니

너희 놈들 말꼴로 보자면

모두 뼛속까지 빨갱이였구나

—「홍범도 장군의 꾸중」부분

내 이제야

말 꺼내지만 말도 마

그들은 나를 상것이라고 무시했어

산중 포수라면서 깔봤어

안동 김씨 김좌진

전주 이씨 이범석

청산리전투 앞둔 시점

일초일각이 무섭도록 긴박할 때

독립군 회의에서도 그들은 양반 타령

내 입 막으려던 양반 타령

—「양반 타령」부분

홍범도는 머슴의 자식으로 태어나 부모를 잃고 어린 머슴으로 살았다. 나팔수로 군에 잠시 있다가 탈영해서 절에 있었고 그 후 포수로 살다 의병이 되었다. 그는 나라의 독립을 위해 싸우다 일본군에게 아내와 자식을 모두 잃었지만, 양반에게 홀대받는 상것이었다. 육사 교정에서 그의 흉상만 철거되는 데 항의해줄 후손 하나 없는 상것이었다.

내가 오지 말았어야 할 곳을 왔네

나, 지금 당장 보내주게

원래 묻혔던 곳으로 돌려보내 주게

나, 어서 되돌아가고 싶네

(…)

해방조국은 허울뿐

어딜 가나 왜놈들로 넘쳐나네

언제나 일본의 비위를 맞추는 나라

나, 더 이상 견딜 수 없네

내 동상을 창고에 가두지 말고

내 뼈를 다시 중앙아시아

카자흐스탄 크즐오르다로 보내주게

나 기다리는 고려인들께 가려네

　　─「홍범도 장군의 절규」부분

　홍범도 장군의 흉상 철거 지시가 내려왔다. 어떤 토
론이나 합의도 없었던 일방적인 강행은 민주정치의 실
종을 의미했고 동시에 독립운동사의 헌법정신을 부정
하는 것이었다. 1945년 이전의 모든 항쟁이 무의미해
질 때 영혼은 포효하고 절규할 수밖에 없다.

내가 돌아오지 말걸

공연히 돌아와서 이 꼴을 보네

내 평생 미워하고 싸웠던

내 아내와 두 아들까지 죽인

저 왜적은 나의 적 우리 겨레의 적

아무리 좋게 보려 해도

그리될 수 없는 악독한 승냥이

—「내가 돌아오지 말걸」 부분

시인은 SNS에서 검열에 걸려 무단 삭제를 당했다. 이유는 '왜적'이란 혐오 표현이었는데 국가인권위원회는 2017년 혐오 표현을 '소수자에 대한 편견 또는 차별을 확산시키거나 조장하는 행위'라고 명시한 바 있다. 왜적은 강자에 대한 증오 표현이고 그보다 문학적 표현에 대한 검열 행위는 국가적 개입이 아닌가 하는 의심을 불렀다.

네놈들이
내 흉상 없애면
나는 수억만 개 꽃으로 피어나
이 땅덩이 덮을 거야

겨울 가고 봄 되어
참았던 꽃눈 저절로 터지듯
나는 그렇게 그렇게 되살아날 거야
보란 듯이 피어날 거야
　　―「피어나는 꽃」부분

이 시집『내가 홍범도다』의 묘미는 절망과 분노 속에
서 희망이 분출되며 민중의 화답을 절묘하게 끌어내는
데 있다. 아무리 지우려 해도 결코 지울 수 없는 것이 가
슴속에 각인된 역사다.

우리는 마주 앉아
서로의 눈과 마음속 바라보았네

홍 대장은 말없이

고개 끄덕이며 격려했네

그러곤 두툼한 손 내밀어 마주 잡았네

작별할 때 그분은 나를 껴안았네

나는 뜨거운 가슴 부여안고

하얼빈역으로 갔네

―「안중근」 부분

육군사관학교가 홍범도 장군 흉상 철거에 이어 홍범도, 안중근 등 독립 영웅의 이름을 딴 교내 독립전쟁 영웅실을 없애기로 확정했다. 두 분 다 일본과 싸운 독립운동가다. 안중근은 홍범도 흉상 철거의 명분인 '빨갱이'도 아니었다. 그렇다면 모든 것이 확연해진다. 항일이다. 일본과 싸운 독립투사는 이 정부의 표적이 되는 것이다.

안중근 의사는 하얼빈 거사 전 명사수였던 홍범도 장군을 만났다고 한다. 우리 역사에서 독립투사가 지워지고 독립운동사가 사라진다면 헌법도 개정되어야 한다. 『대한민국 헌법』의 「전문」은 "유구한 역사와 전통에 빛나는 우리 대한국민은 3·1운동으로 건립된 대한민국임시정부의 법통과 불의에 항거한 4·19 민주이념을 계승하고"로 시작한다.

헌법에서 우리 정부의 정통성은 1919년 대한민국 상해임시정부의 설립으로 출발한다. 당연히 1920년대 이후 독립운동사는 그 의미가 지대하고 가장 빛나는 승리는 홍범도 장군의 봉오동전투와 청산리전투이며 안중근 의사의 하얼빈 쾌거일 것이다. 두 영웅을 역사에서 지운다는 것은 국가의 정체성을 지운다는 것과 같다.

시인은 혼신을 다해 장군의 영혼을 받아들였다. 그의 공수를 끝까지 경청한 우리는 해원의 의무를 느낀다. 권력은 왜 과거의 유령을 불러내어 현재와 싸우게 하는가? 과거와 현재가 싸울 동안 우리의 미래는 어떻게 되는가?

내 이르노라
자꾸만 풍파로 밀려드는

온갖 고난 온갖 시련

그 앞에서 결코 지치거나

의기 꺾는 모습 보여선 안 된다네

쓰러지면 그대로 잠시 쉬었다가

다시 힘 모아 일어나게

가장 두려운 적은 자기 속에 있으니

늘 마음 다스리고 단련해서

부디 빛나는 겨레의 땅 만들어가야 하네

이게 내 간절한 염원일세

―「신 유고문」(新 諭告文)

내가 홍범도다
이동순 시집

펴낸이 김언호

펴낸곳 (주)도서출판 한길사
등록 1976년 12월 24일 제74호
주소 10881 경기도 파주시 광인사길 37
홈페이지 www.hangilsa.co.kr
전자우편 hangilsa@hangilsa.co.kr
전화 031-955-2000~3 **팩스** 031-955-2005

부사장 박관순 **총괄이사** 김서영 **관리이사** 곽명호
영업이사 이경호 **경영이사** 김관영 **편집주간** 백은숙
편집 이한민 박희진 노유연 박홍민
관리 이주환 문주상 이희문 원선아 이진아 **마케팅** 정아린
디자인 창포 031-955-2097
인쇄 예림 **제책** 예림바인딩

제1판 제1쇄 2023년 10월 25일

값 15,000원
ISBN 978-89-356-7840-2 03810

• 잘못 만들어진 책은 구입하신 서점에서 바꿔드립니다.